Infernul
Colecția de 72 de Picturi

Infernul
Colecția de Artă
de
Dino Di Durante

prima ediție
10 9 8 7 6 5 4 3 2 1

Biblioteca Congresului Statelor Unite VAu 1-189-270

ISBN-10: 1-62879-050-4
ISBN-13: 978-1-62879-050-4

Pentru achiziționare de cărți, vă rugăm să contactați:

GOTIMNA PUBLICATIONS, LLC
WWW.GOTIMNAPUBLICATIONS.COM

Pentru achiziții de artă, vă rugăm să contactați:

EPIC ART COLLECTIONS, LLC
WWW.EPICARTCOLLECTIONS.COM

Dedic această lucrare lui
Dante Alighieri,
profesorul meu de viață,

și

iubitei mele Lucia,
"Lumina" din viața mea,
Am imortalizat-o
în imaginea lui Beatrice

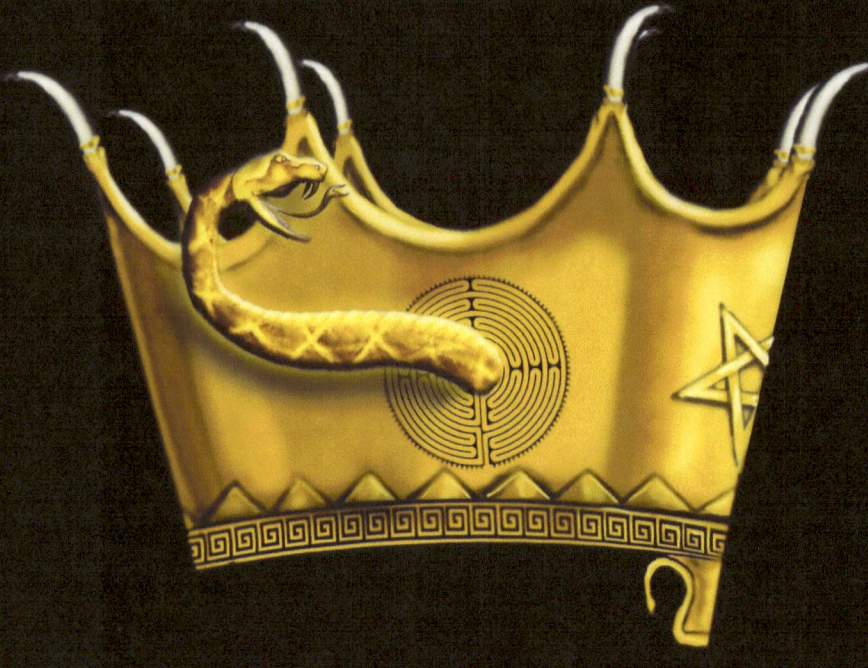

Judecata de Apoi

Cuvânt înainte

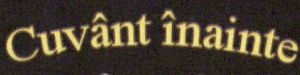

Încă de când Dante Alighieri și-a scris capodopera între 1302 și 1321, mulți artiști au încercat să interpreteze vizual Divina Comedie prin desene și picturi: Sandro Botticelli, Giovanni Stradano, William Blake, Amos Nattini, Francesco Scaramuzza, Gustave Doré și marele Salvador Dali, pentru a numi doar câțiva. Cu toate acestea un singur artist a reușit să îl interpreteze corect conform părerii lui Sandro Botticelli, care a trăit în anii 1480. Gustave Doré a realizat cea mai celebră lucrare, publicată pentru prima dată în 1861, iar un secol mai târziu Salvador Dalí a continuat performanțele sale în mai multe picturi abstracte. Acum, un artist contemporan a preluat din nou provocarea ...

Durante, un artist conceptual, a preluat dificila sarcină de a da viață pe pânză Infernului lui Dante. Scopul lui este nu numai de a oferi o interpretare corectă a capodoperei lui Dante, dar, de asemenea, de a încerca să influențeze și să-i educe pe cei nefamiliarizați cu Divina Comedie. Arta prezentată aici de Dino Di Durante, nu constă nici în litografii din picturi abstracte alb și negru ca cele a lui Doré, nici în cea prezentată de Salvador Dali, produsă mult mai târziu. El oferă un set bogat de picturi realizate cu cea mai mare atenție artizanală oferită vreodată. Interpretarea profundă a timpul depășește prin fidelitate și acuratețe toate celelalte încercări de a descrie în imagini ceea ce a descris Dante Alighieri în cuvinte, acum șapte secole.

Călătoria vizuală a lui Dino Di Durante în Infernul lui Dante a început în 2007, când a avut ideea de a face o revistă comică, dar care în curând a fost extinsă în această carte de tablouri, finalizată în 2014. Motivul pentru munca lungă și grea pe care a depus-o stă în faptul că Durante este un artist vizionar și un director de artă care cere dăruire, stil și atenție la detalii. O parte din colecția lui vastă de artă a fost folosită într-un film de animație produs în limba engleză și în limba italiană, intitulat "Dante's Hell Animated", respectiv "Inferno Dantesco Animato". Colectia sa de 72 de piese de artă a fost utilizată în filmul documentar "Infernul lui Dante" la care au participat peste 30 de celebrități, profesori și dantologiști atât din SUA cât și din Italia.

Toate interpretările inspirate și create de Di Durante, bazate pe Infernul lui Dante, prind viață în filme de animație care permit privitorului să se alăture lui Dante și Virgil în călătoria lor. Ne confruntăm cu o experiență senzorială spectaculoasă, care prezintă detalii ironice cu privire la descrierea lui Dante a pedepsirii păcătoșilor în diferitele niveluri ale iadului. Împreună cu personajele animate puteți deveni spectatori într-o călătorie în lumea întunecată a condamnaților pentru eternitate.

Acum, toate lucrările de artă create de-a lungul timpului de Di Durante sunt descrise în această carte și ne oferă o nouă viziune a Infernului lui Dante, a cărei valoare nu trebuie doar văzută, ci trăită. Dino Di Durante și-a concentrat toate eforturile în trăsăturile uimitoare, pentru a revigora Divina Comedie de Dante Alighieri, în toate formele posibile. Diferitele versiuni de film realizate de el și cartea pe care o țineți în mâinile dumneavoastră, sunt confirmări incontestabile că a fost o adevărată muncă a iubirii

Răsfoiți paginile si distrați-vă!

Armand Mastroianni
Director / Producător

Dino Di Durante

Prefață

Am început pictura când aveam șase ani, folosind culori de apă, iar curând am trecut la tempera, deoarece mi-a plăcut controlul pe care îl oferă periile. Am început prin a picta personajele Disney pe lemn, pentru că lemnul l-am putut obține gratuit. După câțiva ani, m-am oprit din pictură și am trecut la fotografie, muzică și așa mai departe. Cu toate acestea, mai târziu, după facultate, am luat din nou pensula, de data aceasta folosind vopsea acrilică și pânză, și am îmbrățișat pictura freestyle, cunoscută de asemenea sub numele de pictură abstractă.

Am crescut cu Divina Comedie, adesea discutată în familia mea, dar n-am vrut să o citesc. În schimb, am așteptat până când am avut șansa de a o "studia" la universitate. La douăzeci și cinci de ani am ajuns la Universitatea din California, Los Angeles, ca student la inginerie. Cu toate acestea, când am ajuns, nu am luat parte la cursurile de inginerie, în schimb am încercat să îndeplinesc cerințele generale necesare pentru înscrierea la cursurile de Divina Comedie, iar mai târziu am studiat operele complete ale lui Dante Alighieri. Aceasta a fost experiența cea mai plină de satisfacții din viața mea de student, când am terminat caietul de sarcini științifice, având de asemenea, și o specializare minoră în literatură italiană.

Divina Comedie mi-a schimbat viața în multe feluri și nu treptat, ci imediat. Am fost luat de mână de către Dante Alighieri și am fost condus prin viața de apoi. Cu toate acestea, ca student, am avut o mare dificultate în a vizualiza povestea, iar când am folosit ilustrațiile lui Gustave Doré odată cu lectura, uneori m-am simtit confuz. Nu am reușit să găsesc alte materiale în bibliotecă iar Internetul nu exista încă. Deci, mulți ani mai târziu, am început să dezvolt o revistă de benzi desenate pentru a reprezenta Infernul lui Dante. Mai târziu, în acest proces, am avut ocazia de a lucra în filme bazate pe același subiect, Infernul lui Dante. După ce am făcut unele cercetări, am realizat că nu sunt disponibile suficiente lucrări de artă vizuală pentru a-mi permite să produc un film adecvat și prin urmare, am decis să schimb cursul: am încetat activitatea la revistă, pentru a începe o nouă călătorie spre iad, nivel cu nivel, de la început (pădurea întunecată) până la sfârșit (stelele Purgatoriului).

Sandro Botticelli, cel care a interpretat aproape perfect Divina Comedie in 1480, a devenit ghidul meu după ce savan tul Riccardo Pratesi a făcut câteva observații cu privire la munca mea inexactă. El mi-a adus în atenție că am făcut câteva greșeli care ar fi trebuit corectate dacă voiam să ofer o interpretare serioasă Infernului lui Dante în carte și în film. Așa că atunci când Riccardo Pratesi mi-a oferit gratuit serviciile sale ca și consultant, am primit cu bucurie ajutorul care a venit de la cineva care iubește Dante la fel de mult ca și mine. Înainte ca domnul Pratesi să devină parte din echipa mea, deja lucram cu Avetik Balaian, care m-a ajutat în proiectarea scenelor și realizarea ajustărilor necesare pentru a aduce lumii o colecție de picturi nemaivăzute. Toate detaliile, culorile bogate și reprezentările exacte au fost făcute datorită celor doi precum și schițelor și picturilor lui Sandro Botticelli.

Dino Di Durante

Mulțumiri

Există atât de mulți oameni cărora le sunt recunoscător că
această pagină nu este suficientă, nu numai în dimensiune,
dar nici în cuvinte.

În primul rând trebuie să-i mulțumesc lui Dumnezeu pentru
că mi-a dat această misiune incredibilă de a împărtăși Divina
Comedie cu restul lumii.

Lui Dante Alighieri, care m-a trezit și mi-a arătat lumea
reală și "călătoria" pentru a mă descoperi și a găsi misiunea
mea în viață.

Iubitei mele Lucia, căreia nu numai că îi dedic toată munca mea, dar, de
asemenea, trebuie să-i mulțumesc pentru dragostea ei necondiționată, sprijinul
și iluminarea mi le-a oferit.

Mamei mele, pentru dragostea ei necondiționată și sprijinul oferit de când am
început pictura la vârsta de șase ani.

Lui Carlos, care a deschis această cale inițial, pentru că am putut găsi misiunea
mea în viață.

Lui Riccardo Pratesi, în special, fără de care această interpretare vizuală a
Infernul lui Dante ar fi greșită.

Prietenului meu, directorul Armand Mastroianni, care nu numai că a scris
Prefața acestei cărți, dar, de asemenea a fost mereu alături de mine în această
dificilă "călătorie".

Profesorului Massimo Ciavolella, care a fost un fan al muncii mele de la
început, și a păstrat mereu ușile deschise la Departamentul de Italiană de la
Universitatea din California, Los Angeles, și, de asemenea, a fost dispus să-mi
propună unul dintre locurile mele de muncă de la Universitatea din Roma "La
Sapienza".

Lui Pablo Atchugarry pentru că a crezut în munca mea și a deschis ușile Fundați
ei sale de prestigiu din Punta del Este, Uruguay, pentru o expoziție de 50 de
piese din colecția mea de artă Infernul lui Dante, la începutul anului 2011.

Tuturor profesioniștilor care au aprobat această carte și și-au pus numele aici,
pentru a încuraja pe alții să afle despre munca mea.

Dragului meu prieten Jeff Conaway, un suporter de la început al campaniei mele,
care m-a încurajat să merg mai departe, în ciuda angajamentului lung și obositor.

Lui Gianmario Pagano, care a fost alături de mine în cea mai dificilă perioadă
din viața mea, atunci când alții au fugit.

Lui Veronica Ion pentru traducerea acestei cărți în limba română.

Lui Liliana Ioan, pentru revizuirea traducerii în limba română.

Nu în ultimul rând, mulțumesc nu numai tuturor celor care au lucrat cu mine,
dar, de asemenea, tuturor celor care au fost în vreun fel parte din călătoria mea.

Dino Di Durante

Introducere

Colecția de artă dedicată Infernul lui Dante a fost expusă ca o lucrare în curs de desfășurare la Fundatia Pablo Atchugarry în Punta del Este - Uruguay, 2011. La acel moment, colecția nu era încă finalizată și au fost expuse numai 50 de lucrări.

Mult mai târziu, în iulie 2014, am avut ocazia de a expune colecția aproape completă la Comic Con din San Diego, California. A fost nevoie de mai mult de șapte ani, de la începutul anului 2007 până la sfârșitul lui 2014, pentru a finaliza colecția Infernul lui Dante, care este formată din 72 de lucrări. Fiecare tablou are peste 50 de versiuni, unele chiar mai mult de 100, dar numai o versiune finală.

Fiecare tablou tipărit în această carte este însoțit de o scurtă descriere pe partea de jos a fiecărei pagini, astfel încât să puteți urmări povestea mai ușor. În plus, codurile QR imprimate în fiecare pictură, pot fi scanate cu o tabletă sau un telefon inteligent. Aceasta oferă o oportunitate suplimentară de a înțelege povestea în complexitatea sa: scanarea codului QR galben vă permite să citiți gratuit textul de cântec în versiune online a iadului, scanarea codului QR gri oferă posibilitatea de a cumpăra pictura în diferite forme și mărimi.

Am muncit din greu pentru a facilita înțelegerea acestei mari lucrări literare, atât de bogată și complexă. Pentru a face acest lucru, a trebui să mă așez în mijlocul iadului, ca să am o vedere de 360 de grade și ceea ce văd să ofere priveliștea aceastei colecții de artă, pe care sunteți pe cale de a o vizita. Acum, toată lumea are posibilitatea de a fi judecătorul meu și să-mi spună dacă am atins acest obiectiv.

Dante Alighieri a scris capodopera sa literară, Divina Comedie, ca să putem ști viața noastră - trecut, prezent și viitor.

Am ajuns acum la sfârșitul acestui experiențe îndelungate și edificatoare. Sper că munca mea îi face dreptate lui Dante și trimite vizual mesajul său, în speranța că fiecare dintre noi poate găsi astfel scopul vieții sale.

Dumnezeu să vă ajute!

Dino Di Durante

AD 1300: Începutul - Cuma, Italia

Dante pierdut în pădurea întunecată

Dino Di Durante

Prima Fiară Sălbatică

Calea lui Dante este Blocată de Lynx

A Doua Fiară Sălbatică

Calea lui Dante este Blocată de un Leu

A Treia Fiară Sălbatică
Calea lui Dante este Blocată de O Lupoaică

Apariția Lui Virgil

Virgil îl Protejează pe Dante de o Lupoaică Înfometată

DANTE ÎL ÎMBRĂȚIȘEAZĂ PE VIRGIL
DANTE ESTE SURPRINS DE ASPECTUL LUI VIRGIL

BEATRICE COBORÂND DIN RAI ÎN UITARE
VIRGIL PRIVEȘTE UIMIT

Beatrice Apare Parțial În Uitare

Virgil se Apleacă în Fața lui Beatrice

MISIUNEA LUI VIRGIL

BEATRICE ÎL ROAGĂ PE VIRGIL SĂ ÎL GHIDEZE PE DANTE PRIN IAD ȘI UITARE

Intrarea În Iad - Cuma, Italia

Dante și Virgil Privesc în Jos Spre Intrarea în Iad

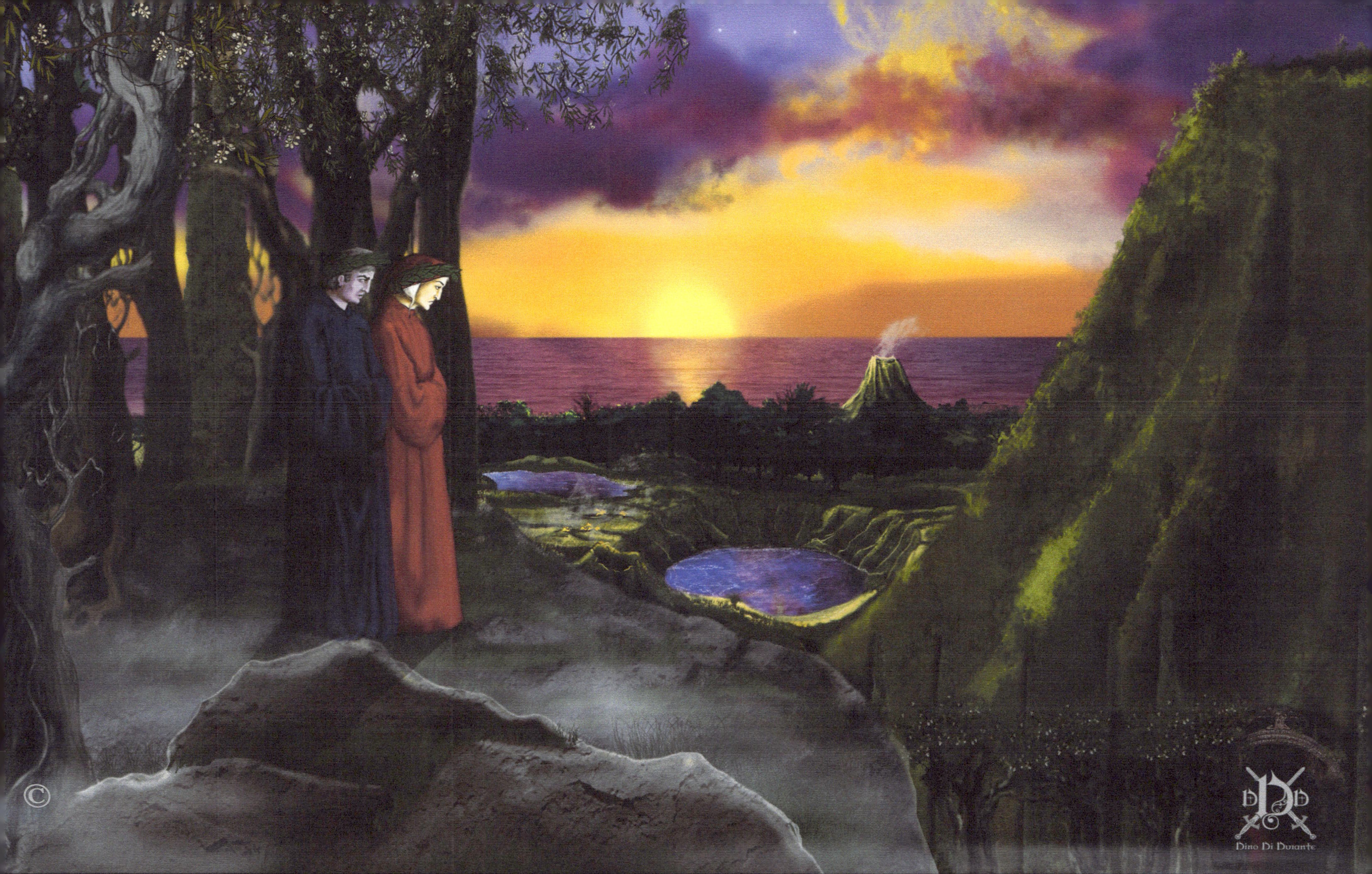

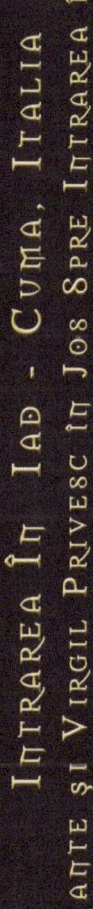

Poarta Iadvlvi

Incripția în Ebraică Deasvpra Intrărării: "Prin Mine... "

Peştera Spre Iad

Dante şi Virgil Merg spre Oraşul Durerii

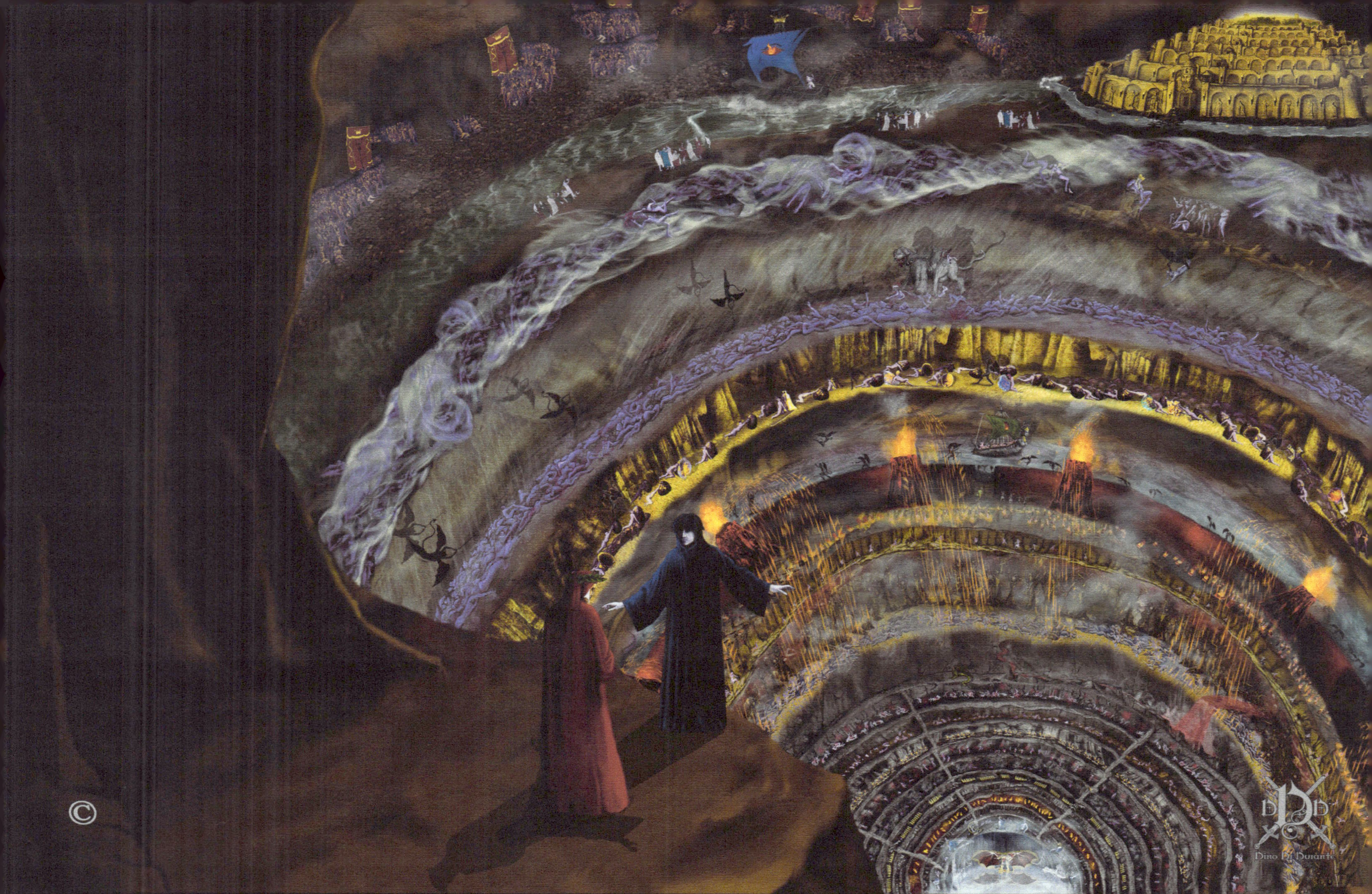

Vedere Panoramică A Iadului

Dante și Virgil Intră în Iad și Văd Cele Nouă Cercuri de Chin

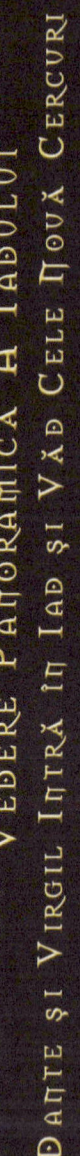

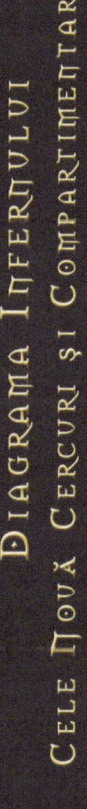

Diagrama Infernului
Cele Nouă Cercuri și Compartimentarea Lor

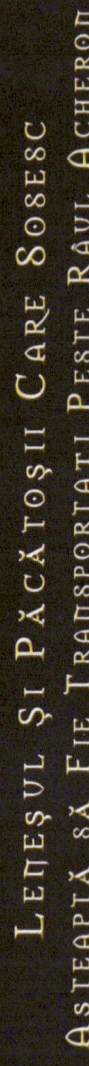

Leneșul Și Păcătoșii Care Sosesc
Așteaptă să Fie Transportați Peste Râul Acheron

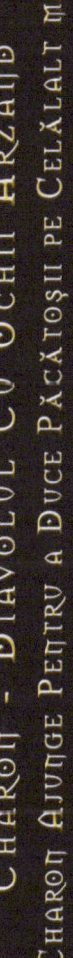

CHARON – DIAVOLUL CU OCHII ARZÂND

Charon Ajunge Pentru a Duce Păcătoșii pe Celălalt mal

Charon Confruntă Poeții

Dante Este Amenințat și se Ascunde în Spatele lui Virgil

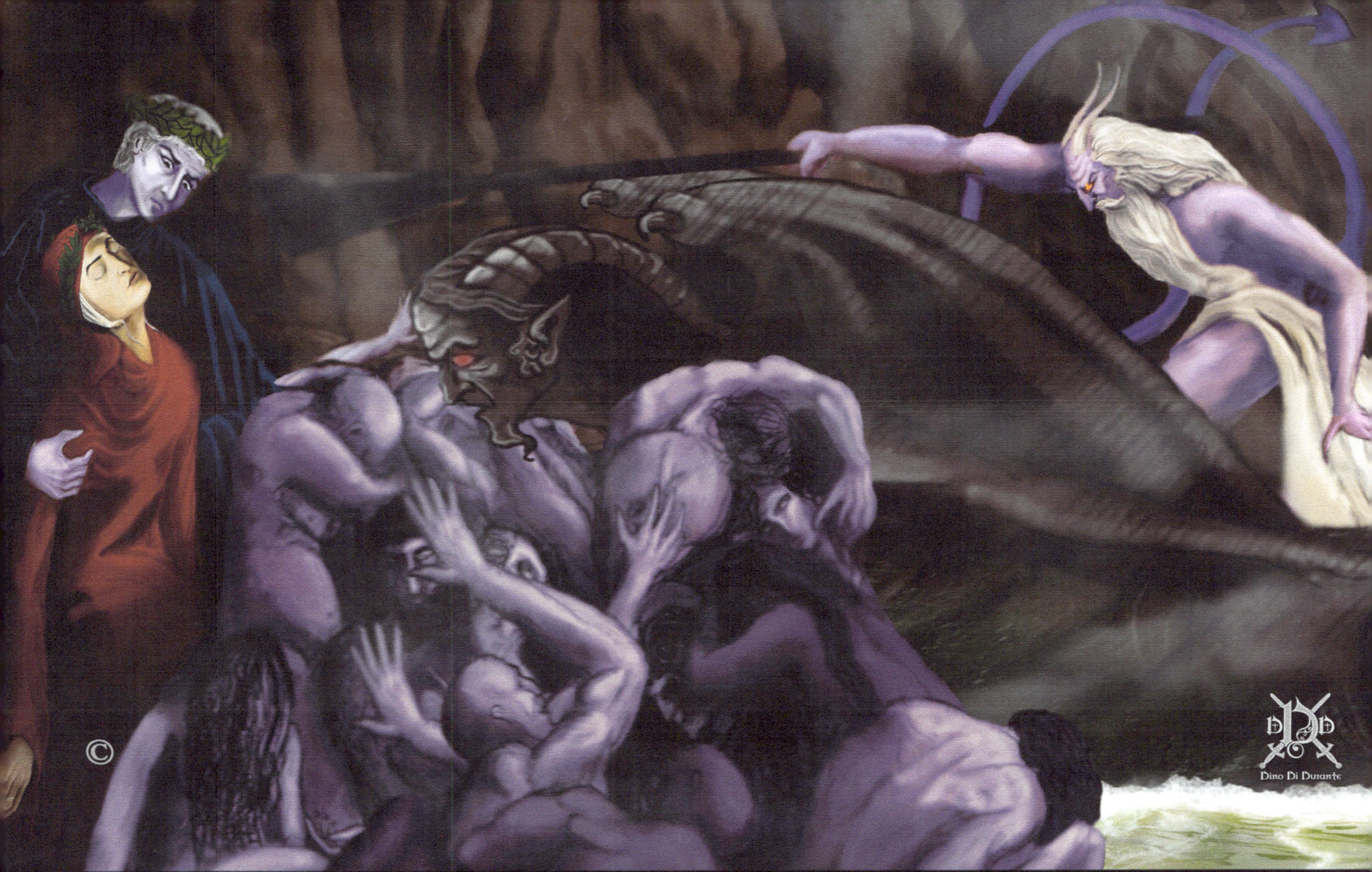

Dante Leşină

Charon Loveşte Păcătoşii iar Dante nu Poate Privi Durerea lor

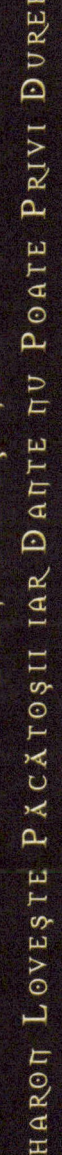

DANTE CADE

ESTE ÎNCONJURAT DE DAMNAȚI ȘI AJUTAT DE VIRGIL

Peste Râul Acheron

Charon Transportă Păcătoșii cu Dante și Virgil

PRIMVL CERC - VITARE

DANTE ȘI VIRGIL AJVNG LA CASTELVL CELOR ȘAPTE ZIDVRI

Marea Escortă

Dante și Virgil Intră în Castelul Lui Homer și al Altor Poeți

Τερψιχόρη

Prin Cele Şapte Ziduri

Dante şi Virgil Ajung în Mijlocul Castelului

Marile Suflete Din Uitare

Dante și Virgil fac Cunoștință cu Socrate, Iulius Cezar, Aristotel și Alții

CUCERITORUL

MARELE COMANDANT CARE A IERTAT CRUCIAȚII ÎNVINȘI

MINOS – JUDECĂTORUL IADULUI

PĂCĂTOŞII SOSIŢI SUNT JUDECAŢI ŞI TRIMIŞI CĂTRE CERCURLE DESEMNATE

Al 2-Lea Cerc - Desfrânații
Cleopatra și Marc Antoniu

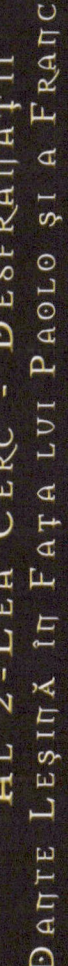

Al 2-Lea Cerc – Desfrânații

Dante Leșină în Fața lui Paolo și a Francescăi

Al 3-Lea Cerc – Gurmatzii

Virgil Aruпcă Тoroi Către Cerberus Pentru a-l Calma

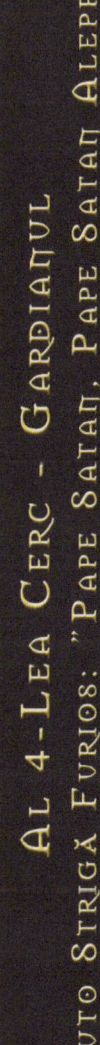

Al 4-Lea Cerc – Gardianul

Pluto Strigă Furios: "Pape Satan, Pape Satan Aleppe"

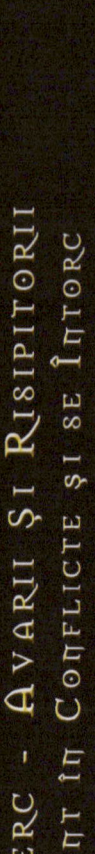

Al 4-Lea Cerc - Avarii Și Risipitorii

Păcătoșii Sunt în Conflicte și se Întorc

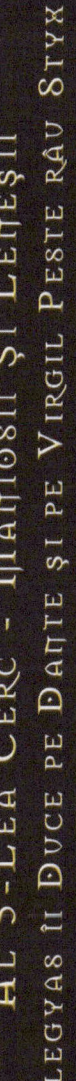

AL 5-LEA CERC - MĂNIOȘII ȘI LENEȘII

PHLEGYAS ÎL DUCE PE DANTE ȘI PE VIRGIL PESTE RÂU STYX

TREI FURII APAR DEASUPRA ZIDURILOR ORAȘULUI DIS
ELE AMENINȚĂ CĂ O INVOCĂ PE MEDUSA IAR VIRGIL ÎI ACOPERĂ OCHII LUI DANTE

DEMONII BLOCHEAZĂ INTRAREA ORAȘULUI DIS
VIRGIL DECLARĂ CĂ DANTE A PRIMIT O MISIUNE DIVINĂ

APARE MESAGERUL LUI DUMNEZEU

EL MERGE PE APELE RÂULUI STYX SPRE PORȚILE ORAȘULUI DIS

Îngerul Alungă Demonii Şi Deschide Porţile Dis-Ului

Dante se Înclină şi Ambii Poeţi Intră în Iad

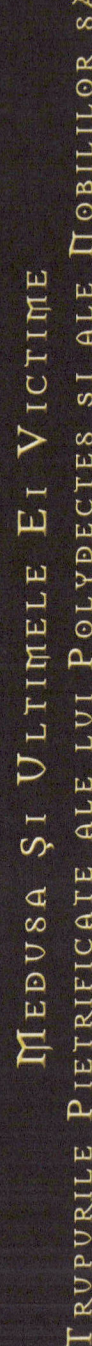

Medvsa Și Ultimele Ei Victime

Trupurile Pietrificate ale lui Polydectes și ale Nobililor săi

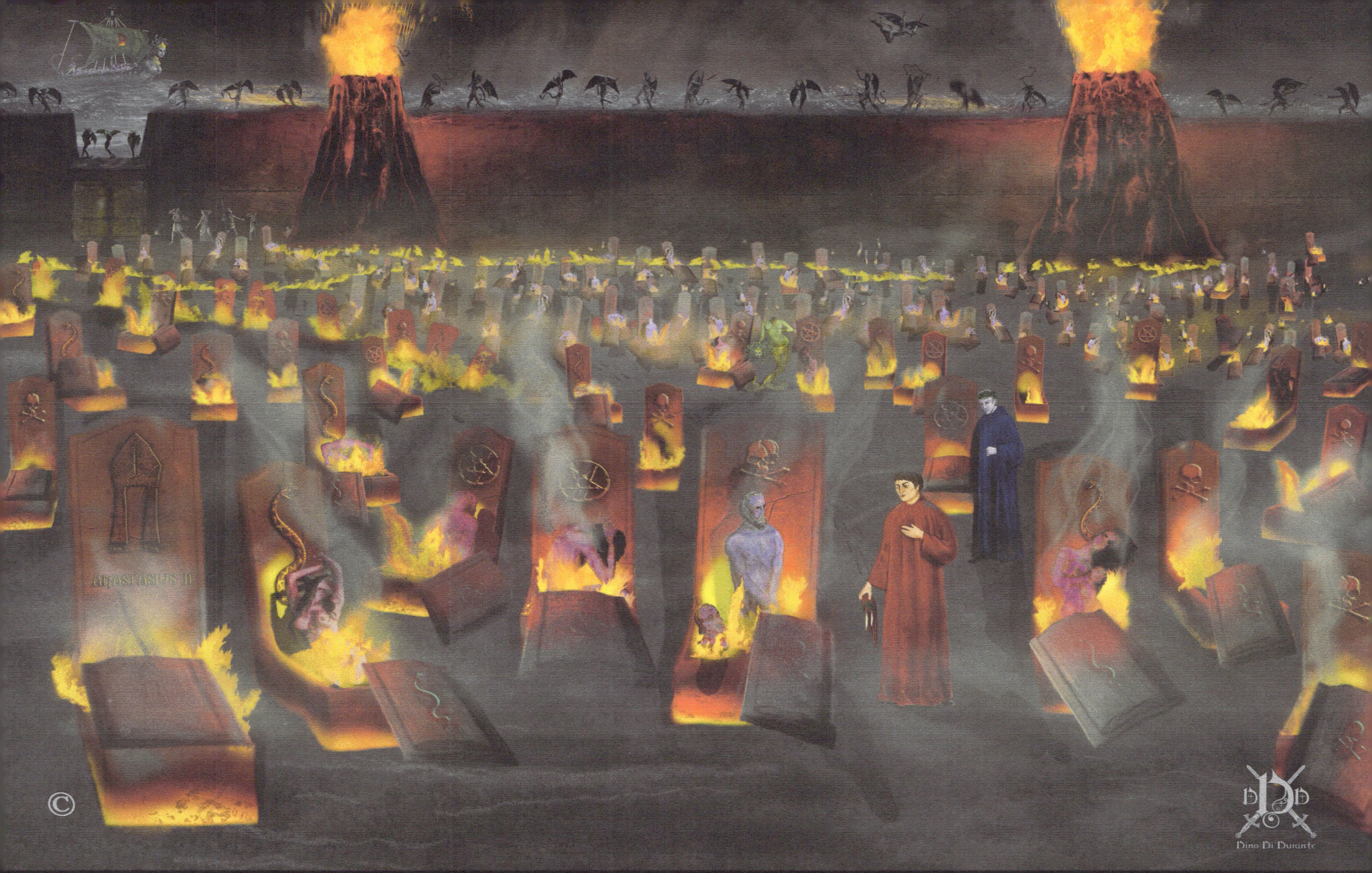

AL 6-LEA CERC - ERETICII

DANTE VORBEȘTE CU FARINATA ȘI CAVALCANTI

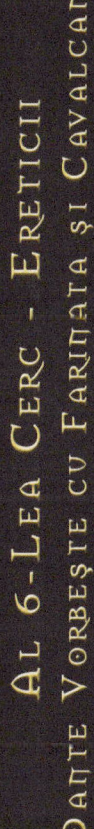

Al 7-Lea Cerc - Gardianul Violenței

Minotavrul îl Amenință pe Dante Când Coboară pe Alunecarea de Teren

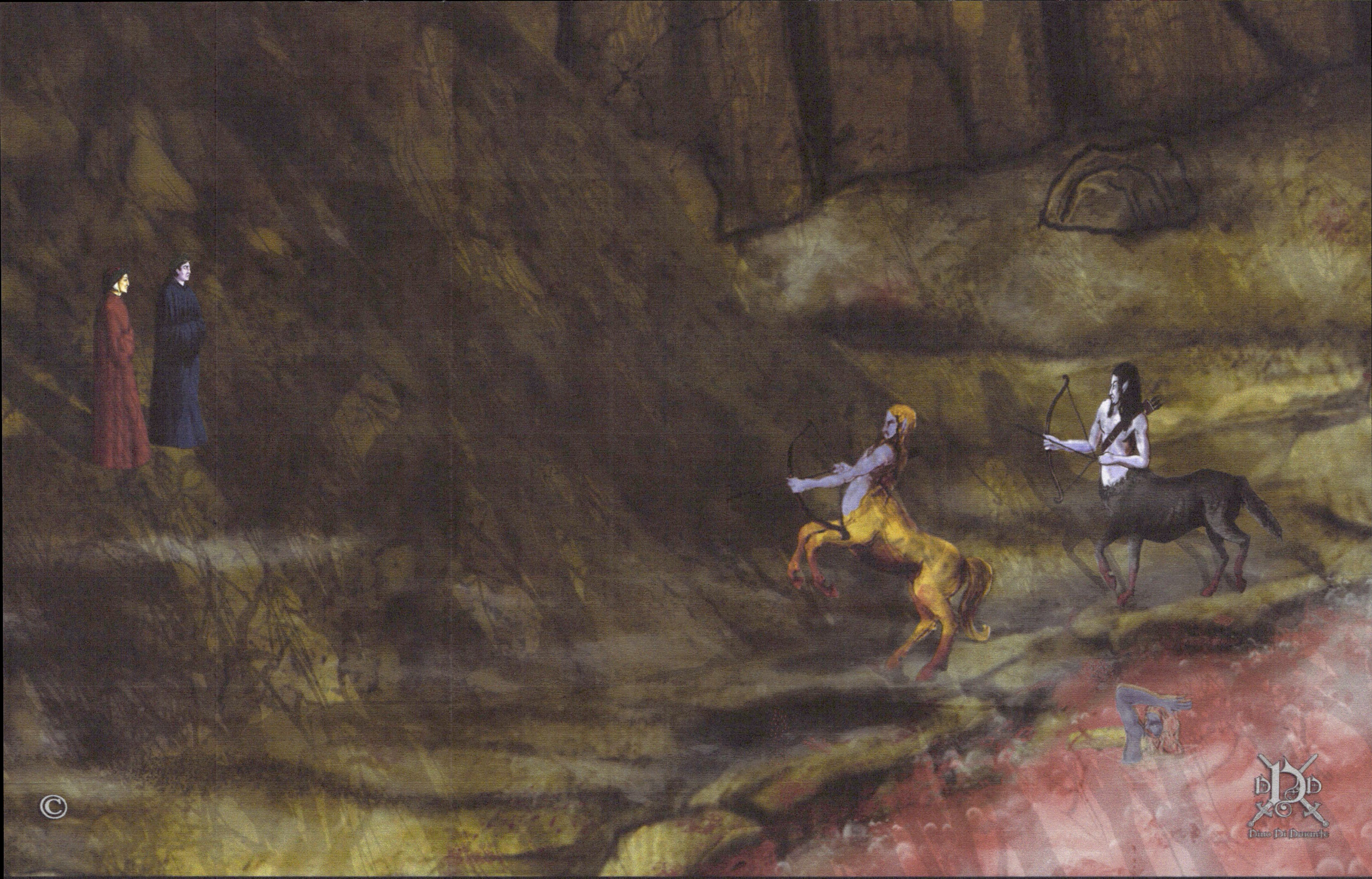

Al 7-Lea Cerc - Alunecarea De Teren

Dante și Virgil Coboară și Sunt Întampinați de Chiron și Nessus

Al 7-Lea Cerc – Primul Inel – Asasinii În Sânge Clocotitor
Virgil Levitează. Nessus îl Cară pe Dante Peste Phlegethon

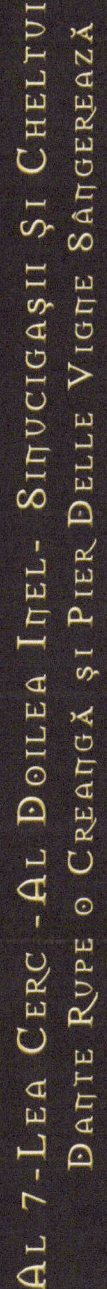

AL 7-LEA CERC -AL DOILEA INEL- SINUCIGAȘII ȘI CHELTUITORII
DANTE RUPE O CREANGĂ ȘI PIER DELLE VIGNE SÂNGEREAZĂ

Al 7-lea Cerc -Al Treilea Inel- Violenții În Ploaie De Foc
Hulitorii, Sodomiții și Cămătarii

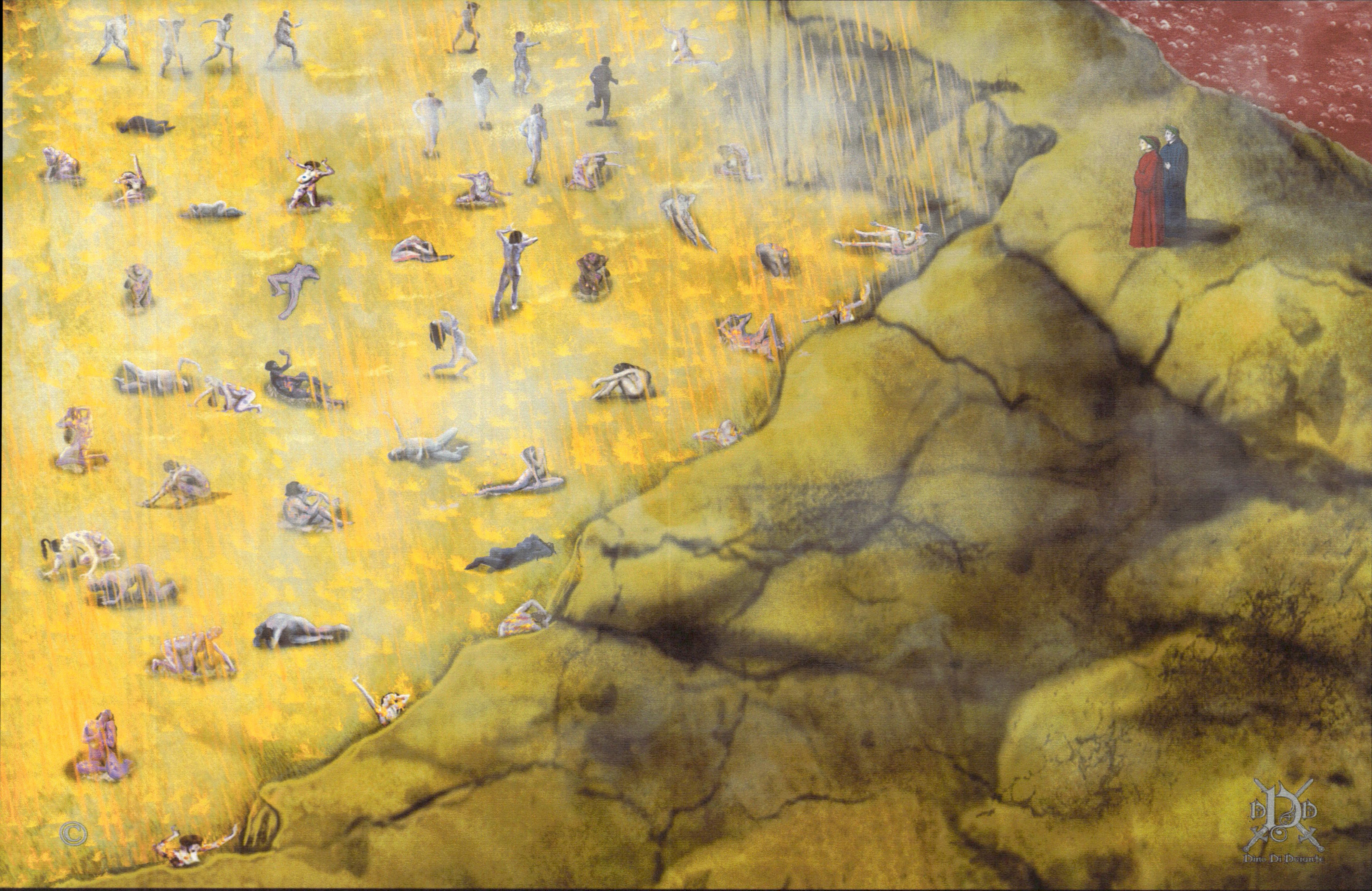

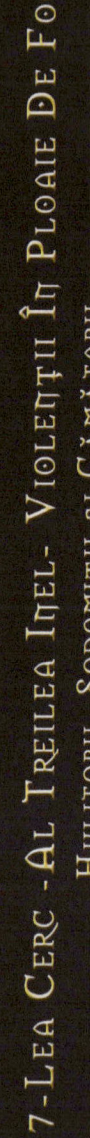

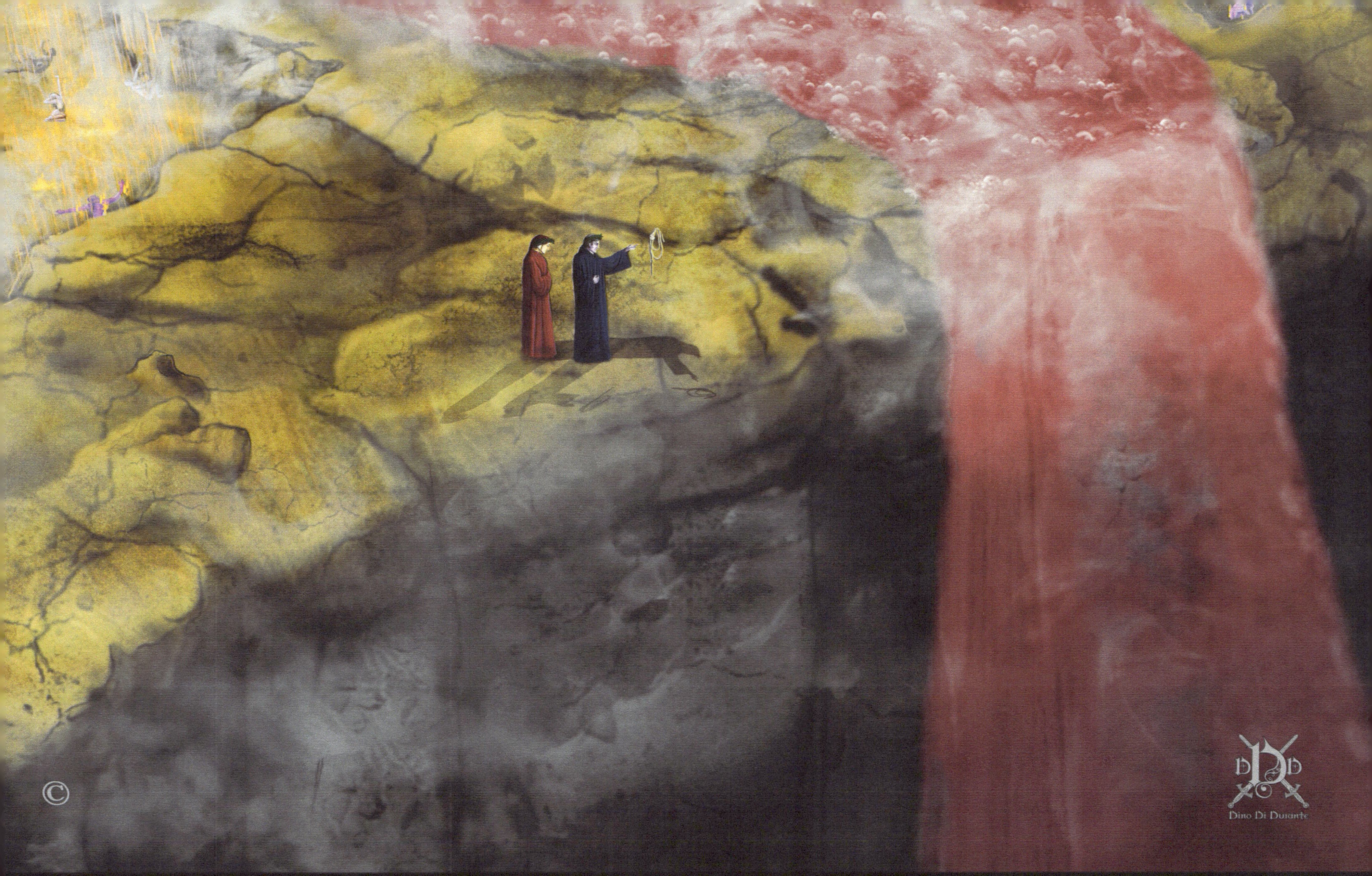

Prăpastia

Virgil îi Trimite un Semnal lui Geryon Aruncand Franghia lui Dante peste Margine

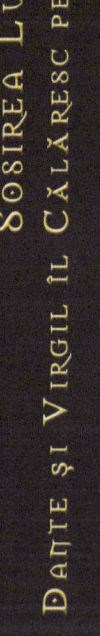

Sosirea Lui Geryon

Dante și Virgil îl Călăresc pe Geryon-Ul spre Malebolgia

Geryon Aterizează

Dante și Virgil Coboară spre Malebolgia

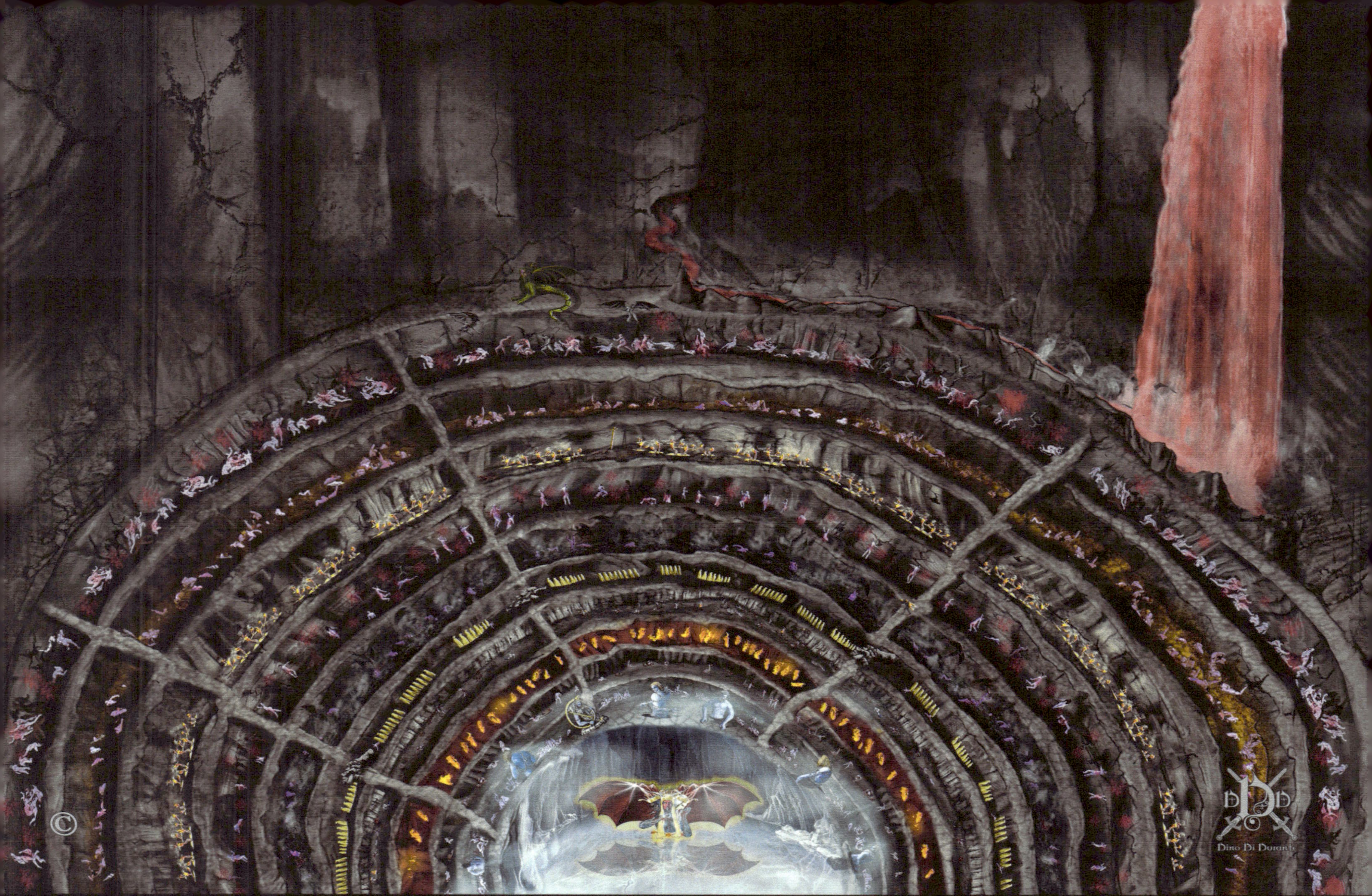

Al 8-Lea Cerc, Malebolgia, Şi Cercul Al 9-Lea Dedesubt

AL 8-LEA CERC, MALEBOLGIA, FRAUDULOŞII – PRĂPASTIE 1
BANDIŢII ŞI SEDUCĂTORII SUNT BICIUIŢI DE DEMONI

Al 8-Lea Cerc, Malebolgia, Frauduloșii - Prăpastie 2
Lingușitorii Într-Un Lac de Excremente

AL 8-LEA CERC, MALEBOLGIA, FRAUDULOŞII, FRAUDULOŞII – PRĂPASTIE 3
NEGUSTORI DE DARURI SFINTE STAU ÎNTORŞI ÎN GROPI CU PICIOARELE ÎN FOC

AL 8-LEA CERC, MALEBOLGIA, FRAUDULOŞII - PRĂPASTIE 4
MAGICIENII, ASTROLOGII ŞI PROFEŢII FALŞI

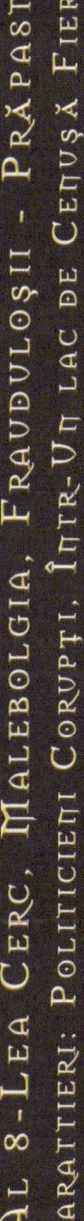

AL 8-LEA CERC, MALEBOLGIA, FRAUDULOŞII - PRĂPASTIE 5
BARATTIERI: POLITICIENI CORUPŢI. ÎNTR-UN LAC DE CENUŞĂ FIERBINTE

AL 8-LEA CERC, MALEBOLGIA, FRAUDULOŞII - PRĂPASTIE 6
FĂŢARNICII: UNII POARTĂ PELERINE DE PLUMB, ALŢII SUNT CRUCIFIAŢI

AL 8-LEA CERC, MALEBOLGIA, FRAUDULOȘII – PRĂPASTIE 6
FĂȚARNICII: VIRGIL ÎI ARATĂ LUI DANTE IEȘIREA PE O STÂNCĂ ABRUPTĂ

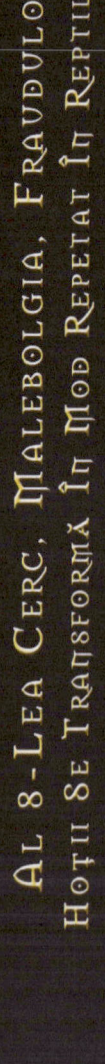

Al 8-lea Cerc, Malebolgia, Frauduloşii - Prăpastie 7

Hoţii Se Transformă În Mod Repetat În Reptile, Pentru Eternitate

AL 8-LEA CERC, MALEBOLGIA, FRAUDULOŞII - PRĂPASTIE 8
Conṣilierii Răi: Ulise, Diomede ṣi Alṭii Ard în Flăcări

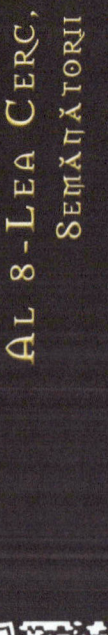

Al 8-Lea Cerc, Malebolgia, Frauduloşii – Prăpastie 9
Semănătorii Discordiei Sunt Tăiaţi de Demoni cu Săbii

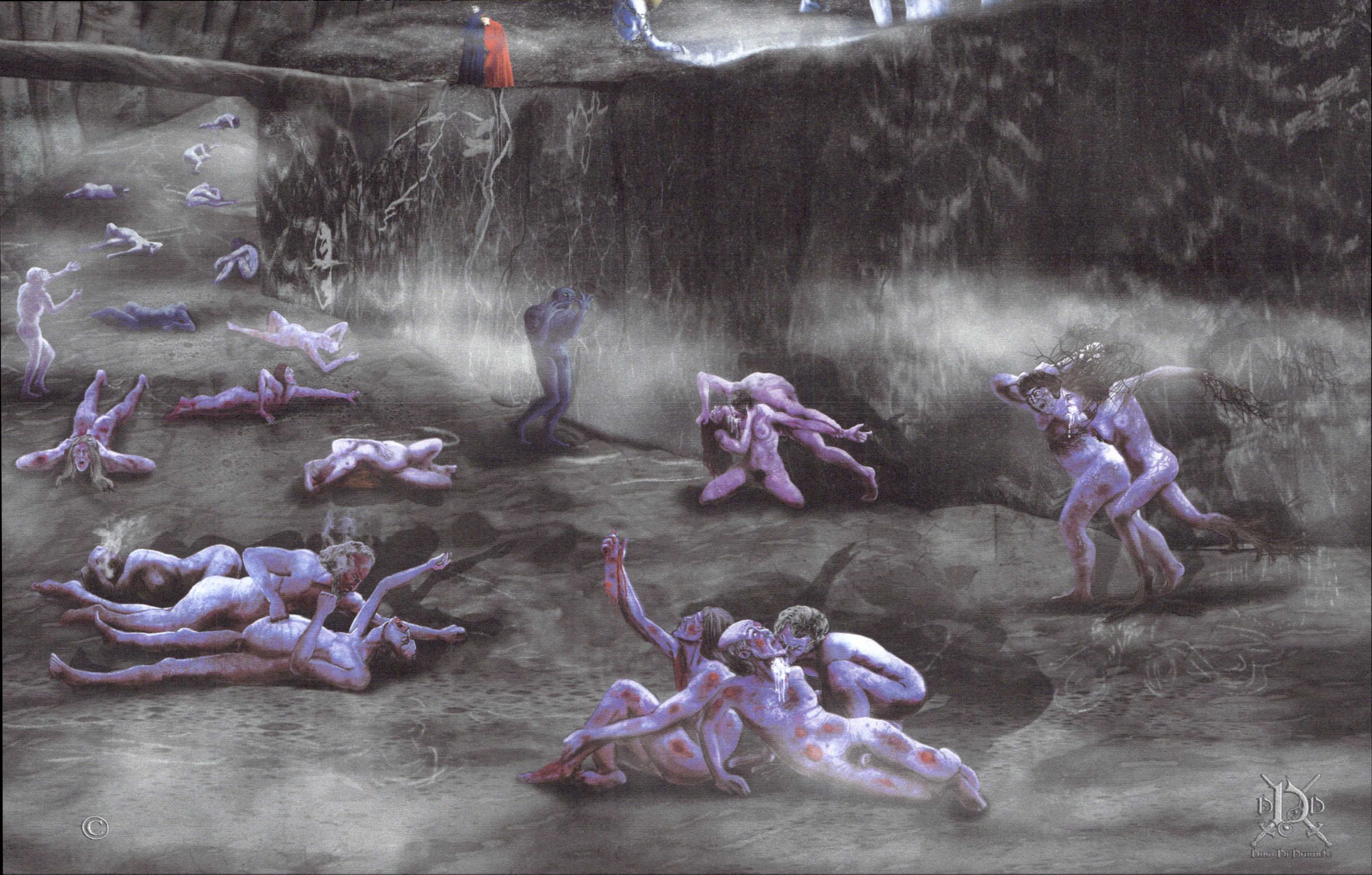

Al 8-Lea Cerc, Malebolgia, Fraudulоşii - Prăpastie 10

Falsificatorii: Alchimişti, Contrafăcătorii, cei Care au Făcut Mărturii Mincinoase şi Impostorii

Gardienii Cercului Nouă
Gigantii: Ephialtes, Antaeus și Nimrod

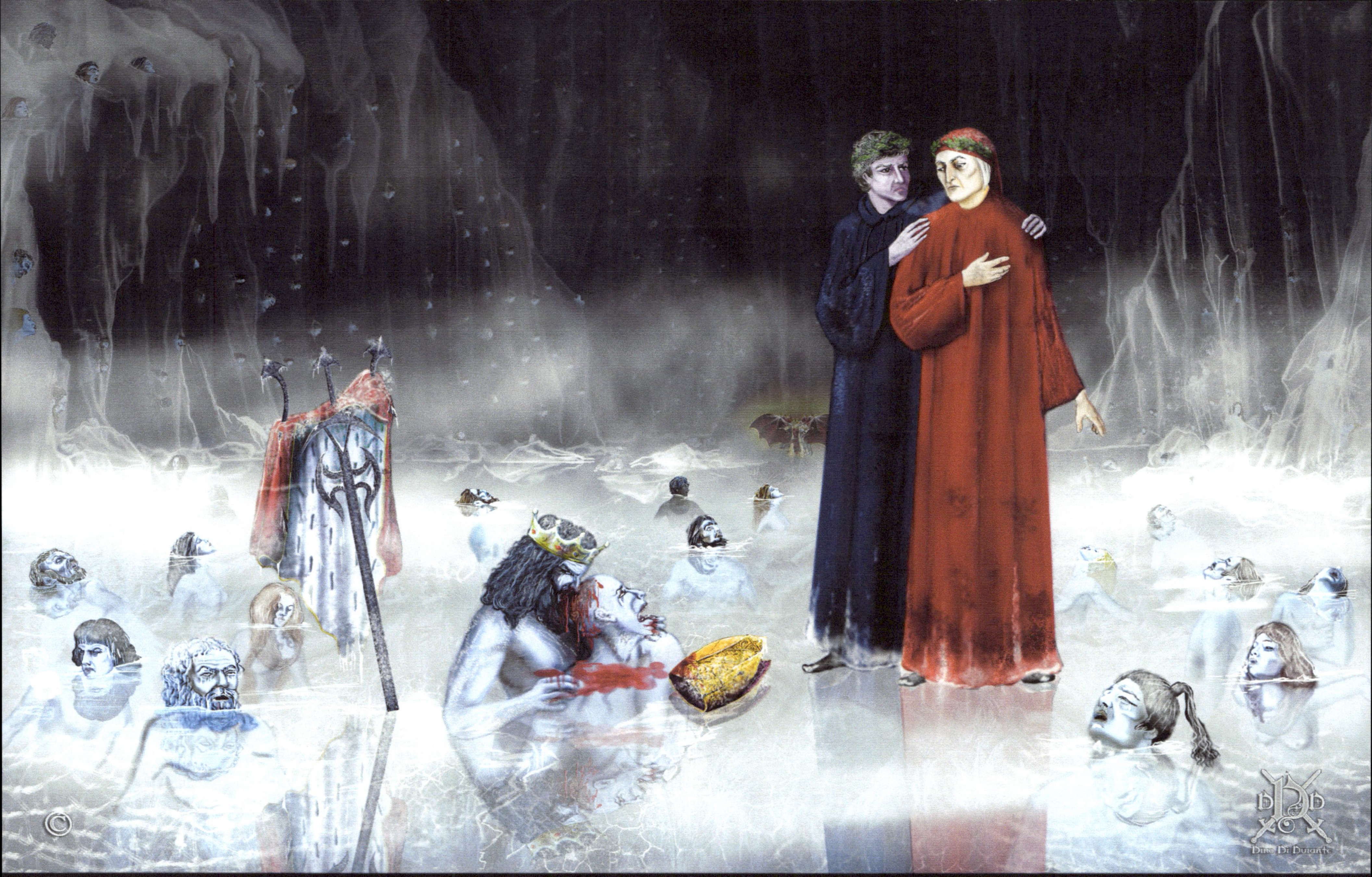

Al 9-Lea Cerc - Trădătorii

Contele Ugolino Mestecă Capul Arhiepiscopului Ruggeri

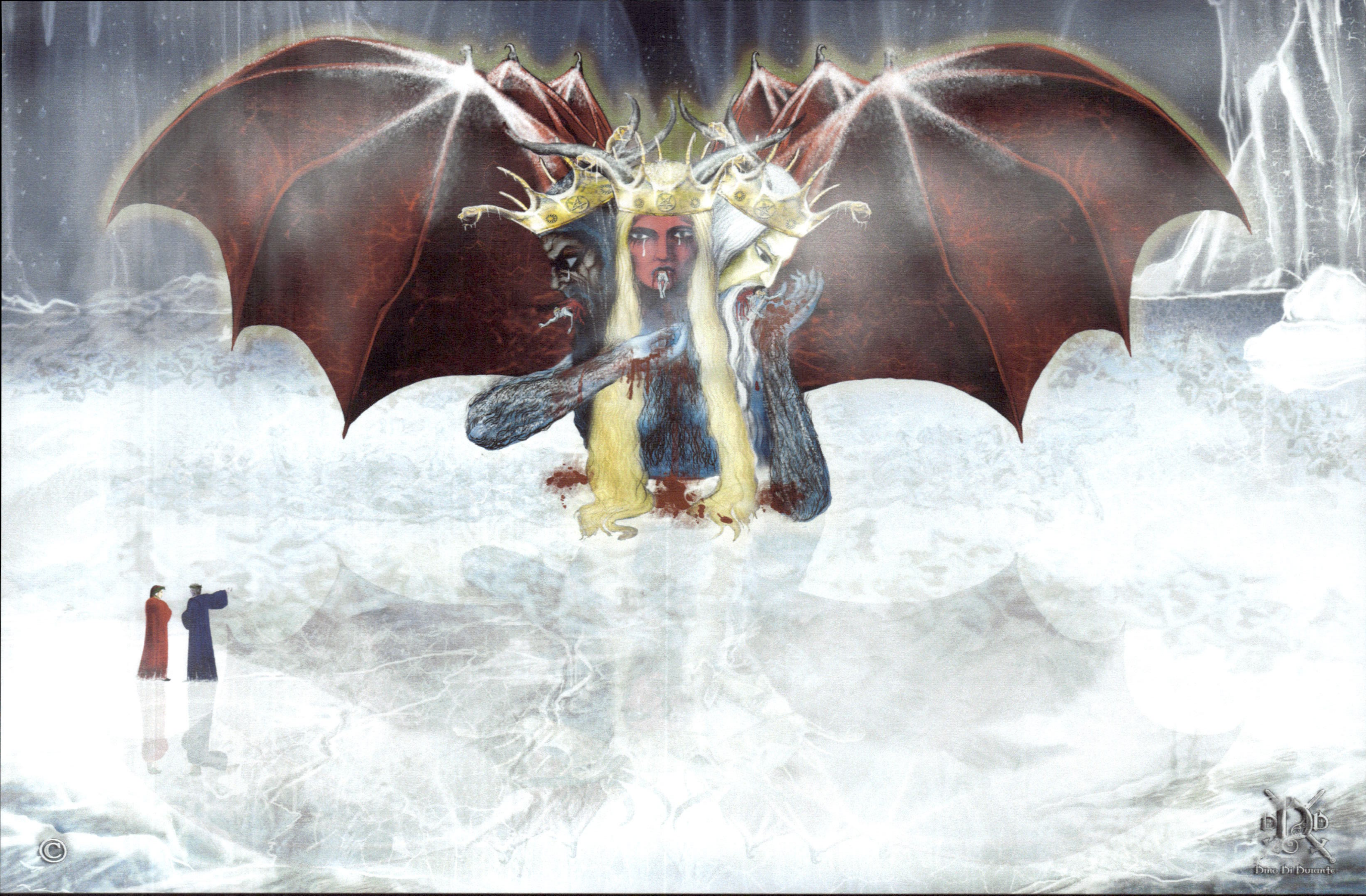

Al 9-Lea Cerc - Trădătorii

Lucifer Îngropat în Gheață Până la Brâu Mestecă trei Păcătoși

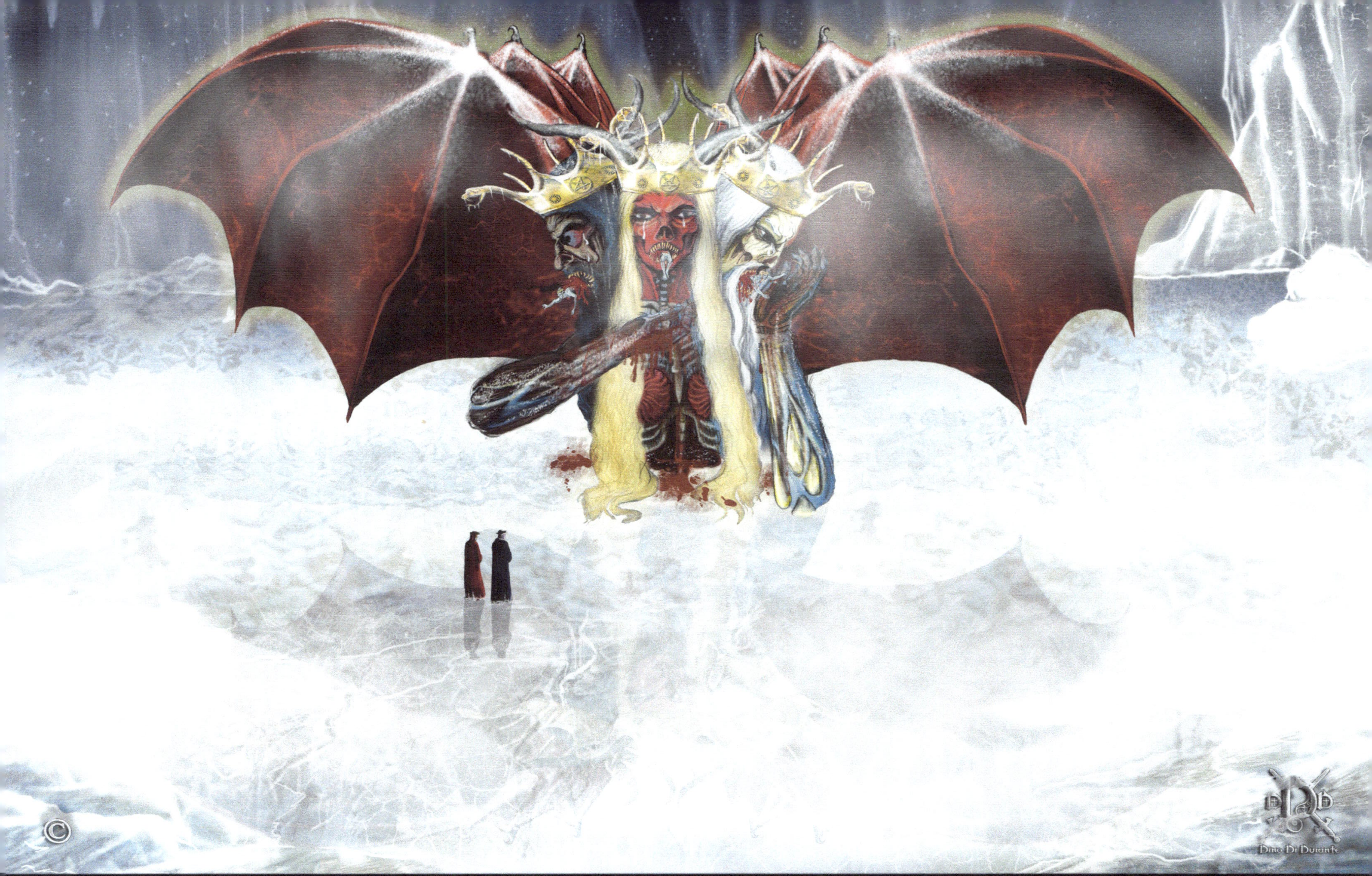

Al 9-Lea Cerc - Trădătorii

Lucifer Fara Piele Mestecă Din Iuda, Brutus şi Cassius

Marea Evadare

Virgil îl Cară în Spate pe Dante în Jos și în Sus și în Jos pe Corpul lui Lucifer

Ieșirea Din Iad De-A Lungul Corpului Lui Lucifer
Dante și Virgil Apar în Emisfera Sudică

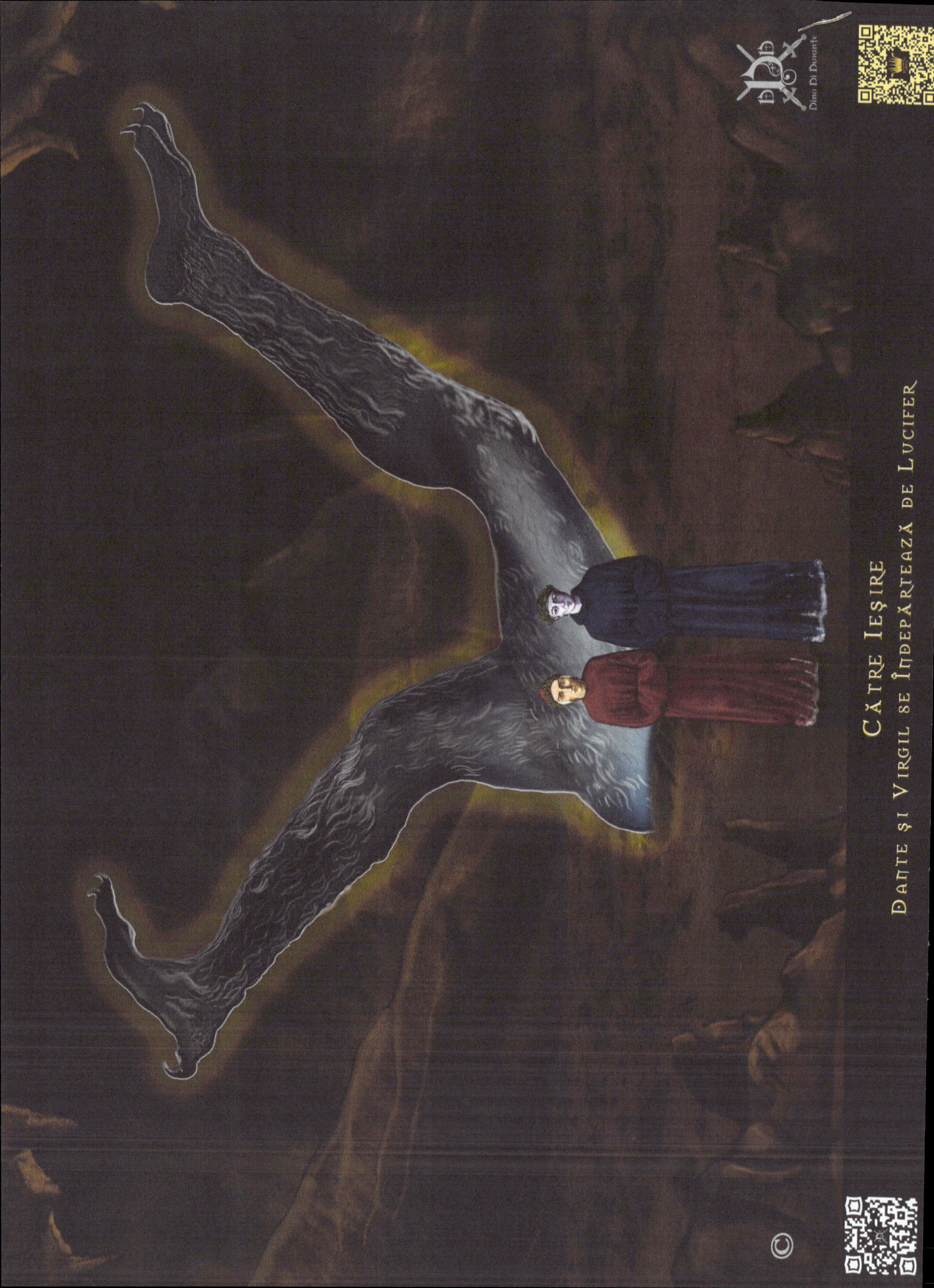

CĂTRE IEȘIRE

DANTE ȘI VIRGIL SE ÎNDEPĂRTEAZĂ DE LUCIFER

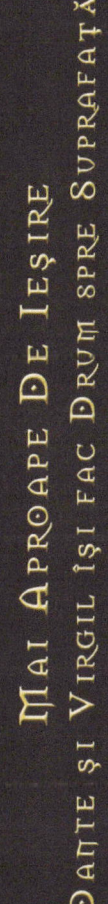

Mai Aproape De Ieşire

Dante şi Virgil îşi fac Drum spre Suprafaţă

O Rază De Lumină

Dante și Virgil Observă cum Intră Lumina Printr-O Deschizătură

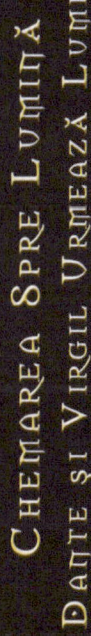

Chemarea Spre Lumină
Dante și Virgil Urmează Lumina

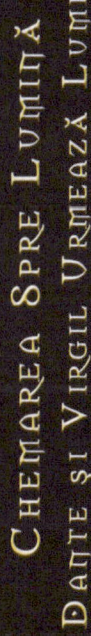

STELELE

DANTE ȘI VIRGIL IES GHIDAȚI DE LUMINA STELELOR

Ieșirea Din Purgatoriu

Dante și Virgil Observă Venus și Stelele Cum se Reflectă în Mare

CERUL

POEȚII CONTEMPLEAZĂ STEAVA SUDULUI ȘI CONSTELAȚIA PEȘTILOR

Colaj Al Iadului

Dante între Minos, Pluto și doi Sinucigași

Armand Mastroianni
Presents
Dante's Hell Animated
A Film Produced and Directed by Boris Acosta
Artwork by Dino Di Durante
Eric Roberts
Nia Peeples
Vincent Spano
Jeff Conaway
Hélène Cardona
Al Sapienza
Shirly Brener
Rico Simonini
Vanna Bonta
Adrian Paul
www.DantesHellAnimated.com

Armand Mastroianni
presenta

Inferno Dantesco Animato
Regia di Boris Acosta

Vittorio Gassman   Franco Nero   Vittorio Matteucci   Silvia Colloca   Marco Bonini   Cosimo Fusco

Veronica De Laurentiis   Susanna Cappellaro   Arnoldo Foà   Simona Caparrini   Mario Opinato

Sceneggiatore - Dante Alighieri
Adattamento - Dino Di Durante
Produttore - Boris Acosta
Musica - Aldo De Tata e Maria Eolani
www.InfernoDantescoAnimato.com